1901. Mai

13.

VENTE

DES 13 & 14 MAI 1901

Hôtel Drouot, Salle n° 2

A 2 H. I/2 PRÉCISES

ATELIER

de feu

A.-C. Corbineau

Artiste-peintre

Me Léon TUAL, Commissaire-Priseur

M. Georges MEUSNIER, Expert

ATELIER

A.-C. CORBINEAU

Artiste peintre

CATALOGUE

DES

TABLEAUX

AQUARELLES ET DESSINS

MEUBLES & OBJETS DIVERS

DONT LA VENTE AURA LIEU

A L'HOTEL DROUOT

Salle N° 2

LES LUNDI 13 ET MARDI 14 MAI 1901

à 2 heures 1/2 précises

PAR LES SOINS DE

M° Léon TUAL, Commissaire-Priseur

56, rue de la Victoire, 56

assisté de

M. Georges MEUSNIER, Expert auprès des Tribunaux

27 et 22, rue Saint-Augustin, Paris

EXPOSITION PUBLIQUE

Le Dimanche 12 Mai, de 1 h. 1/2 à 5 heures 1/2.

CONDITIONS DE LA VENTE

La vente sera faite *expressément* au comptant.

Les acquéreurs payeront *dix pour cent* en sus des adjudications.

L'exposition mettant le public à même de se rendre compte de l'état des objets, il ne sera admis aucune réclamation une fois l'adjudication prononcée.

Paris. — Imp. Ménard et Chaufour, 8-10, rue Milton.

DÉSIGNATION

TABLEAUX DE GENRE

Etudes de figure

1 — Les Premiers pas. Salon de 1863.

2 — Enfant endormi. Salon de 1866.

3 — La Dernière bourrée, intérieur vendéen.

4 — Intérieur d'atelier.

5 — Ecoute ! Salon 1889.

6 — La Cigale.

7 — Une Sablaise.

8 — Près d'une malade.

9 — Jeune fille en prière.

10 — C'est pas pour vous !

11 — Musiciens italiens.

12 — L'Enfant à la poule.

TABLEAUX

Et études de paysage

77 — Le clocher d'Auvers.

78 — La Marne, effet du soir, à Annet-sur-Marne.

79 — Rue à Annet-sur-Marne.

80 — Ruelle à Annet-sur-Marne.

81 — Paysage à Annet-sur-Marne.

82 — Soleil couchant sur la Marne à Annet-sur-Marne.

83 — Étang à Garches.

84 — A Itteville.

85 — A Itteville.

86 — Coin de ferme aux Mussiens (Seine-et-Marne).

87 — Paysage, plaine de La Varenne

88 — Meules à Annet, soleil couchant.

89 — Lever de lune à Annet.

90 — Un chemin à Itteville.

91 — La Marne au bas Chennevière.

92 — Une ferme à Annet, effet de nuit.

93 — L'étang des mûres près la Ferté-Allais.

94 — Parc de Saint-Cloud, près Garches.

95 — Parc de Villeneuve l'Etang.

96 — L'Oise à Auvers.

97 — Près d'Auvers.

98 — Les Dixios, côte de Chennevière.

99 — Étang de Saint-Cucufa.

148 — Un Sentier à Chennevière.

149 — Plaine de Sucy-en-Brie.

150 — Ile d'amour à Chennevière.

151 — La Clarté à Ploumanarch.

152 — Pont de Chennevière.

153 — Bain des dames à Chennevière.

154 — A Saint-Dizier (Haute-Marne).

155 — Les Sables-d'Olonne.

156 — Labourage à Bonneuil.

157 — Paysage au Poncet, près Farmoutiers.

158 — Lan-Rose, près de Beg-Meil.

159 — Sous bois.

160 — Propriété à Farmoutiers.

161 — Chemin de Cellette, près Blois.

162 — Sentier dans Chennevière.

163 — Ile de la Grande Jatte.

164 — Chemin à Annet.

165 — Coteau de Chennevière.

166 — A Cellette, près Blois.

167 — Au Petit-Chelles.

168 — Au Poncet.

169 — Davenescourt (Somme).

170 — A Storr (Seine-et-Oise).

171 — Annet, les Meules.

172 — Un Chemin à Storr.

173 — Temps gris à Annet.

174 — Les Meules, plaine d'Auvers.

175 — A Annet (chemin et meules).

176 — Même sujet.

177 — La Plaine à Annet.

178 — Prairie à Annet.

179 — Prairie à Annet.

180 — La Marne à Annet.

181 — La Marne à l'Ile d'Amour.

182 — Bords de Marne.

183 — Maison à Sucy.

184 — Route de Fresnoy-lès-Roye.

185 — Descente de Chennevière au lavoir.

186 — Panorama de Chennevière.

187 — Grand panorama de Chennevière.

188 — Le Loir près Vendôme.

189 — Route de Roye (Somme).

190 — Le Poncet (Seine-et-Marne.

191 — Vallée d'Ormesson.

192 — Cour de ferme à Boissy-le-Châtel.

193 — La Mer aux Sables-d'Olonne.

194 — Sous bois à Anvers.

195 — Parc de Garches.

AQUARELLES

HARPIGNIES (H.)

210 — Le Soir.

Etude démonstrative.

CORBINEAU (A. C.)

211 — Italienne regardant un masque.

212 — Les Meules à Auvers.

213 — Les Sables-d'Olonne (Vendée).

214 — Rue à Roskoff (Finistère).

215 — Le Vieux Pornichet (Loire-Inférieure).

216 — La Grève au Pornichet.

217 — Coucher de soleil à Toul-Raons (Finistère).

218 — Le Poirier à Auvers.

219 — La Pointe du Pouliguen (Loire-Inférieure).

220 — Coucher de soleil à Annet.

221 — Chemin et meules à Auvers.

222 — La Gardeuse de dindons (Sologne).

223 — Le Phare de Ploumanarch (C.-du-Nord).

224 — Chemin des bruyères en Sologne.

225 — La Grève au Yeaudet.

226 — Le Casseur de pierres, route d'Annet.

227 — Marine.

228 — L'Oise à Auvers, fusain.

229 — Effet de soir à Chennevière, fusain.

230 — Effet de lune au pont de Clichy, fusain.

231 — Les Meules à Annet, effet de lune, fusain.

232 — En cartons : Etudes peintes, dessins, aquarelles, gravures etc... Ce lot sera divisé.

233 — Meubles d'atelier, chevalets, chaises, fau-
teuils, divan, porte-cartons, appareils à gaz,
porte-musique, paravents, meubles et objets
divers. Sera divisé.

www.ingramcontent.com/pod-product-compliance
Lightning Source LLC
LaVergne TN
LVHW021623170726
843501LV00010B/4122